RÉCEPTION

A L'HOTEL DE VILLE DE PARIS

DES

MEMBRES DU PARLEMENT ANGLAIS

ET DU

GROUPE PARLEMENTAIRE FRANÇAIS

de l'Arbitrage International

RÉCEPTION

A L'HOTEL DE VILLE DE PARIS

DES

MEMBRES DU PARLEMENT ANGLAIS

ET DU

GROUPE PARLEMENTAIRE FRANÇAIS

de l'Arbitrage International

PARIS

IMPRIMERIE DE L'ECOLE MUNICIPALE ESTIENNE

18, BOULEVARD D'ITALIE, 18

1903

BUREAU

DU

CONSEIL MUNICIPAL DE PARIS

(Élu à l'ouverture de la première session ordinaire de 1903, le 6 avril.)

PRÉSIDENT :

M. Alphonse DEVILLE.

VICE-PRÉSIDENTS :

MM. L. ACHILLE.

BUSSAT.

SECRÉTAIRES :

MM. POIRY.

Pierre MOREL.

MOSSOT.

BARILLIER.

SYNDIC :

M. Léopold BELLAN.

LISTE

PAR ORDRE D'ARRONDISSEMENTS ET DE QUARTIERS

DE MM. LES MEMBRES

DU CONSEIL MUNICIPAL DE PARIS

1er Arrondissement.

Quartier Saint-Germain-l'Auxerrois .... Ferdinand LE MENUET.
   —   des Halles........................ Maurice QUENTIN.
   —   du Palais-Royal................... LEVÉE.
   —   de la Place-Vendôme.... .... DESPATYS.

2e Arrondissement.

Quartier Gaillon.......................... Gabriel BERTROU.
   —   Vivienne....................... Ernest CARON.
   —   du Mail .... Léopold BELLAN.
   —   Bonne-Nouvelle................... Julien CARON.

3e Arrondissement.

Quartier des Arts-et-Métiers................. DUBUC.
   —   des Enfants-Rouges............... Louis DAUSSET.
   —   des Archives.................... L. ACHILLE.
   —   Sainte-Avoye.................... BRENOT.

4e Arrondissement.

Quartier Saint-Merri...................... OPPORTUN.
   —   Saint-Gervais.............. ...... PIPERAUD.
   —   de l'Arsenal.................... Henri GALLI.
   —   Notre-Dame............. .. .. BARANTON.

5e Arrondissement.

Quartier Saint-Victor..................... SAUTON.
   —   du Jardin-des-Plantes .... DESPLAS.
   —   du Val-de-Grâce................. CHÉROT.
   —   de la Sorbonne................. Jules AUFFRAY.

6ᵉ Arrondissement.

Quartier de la Monnaie...................... Félix Roussel.
    —   de l'Odéon........................ Alpy.
    —   Notre-Dame-des-Champs............ Deville.
    —   Saint-Germain-des-Prés............ Duval-Arnould.

7ᵉ Arrondissement.

Quartier Saint-Thomas-d'Aquin .... Ambroise Rendu.
    —   des Invalides.................... Roger Lambelin.
    —   de l'École-Militaire....... .... Adrien Mithouard.
    —   du Gros-Caillou................... Maurice Spronck.

8ᵉ Arrondissement.

Quartier des Champs-Élysées............... Quentin-Bauchart.
    —   du Faubourg-du-Roule.............. Chassaigne-Goyon.
    —   de la Madeleine.................. Froment-Meurice.
    —   de l'Europe...................... César Caire.

9ᵉ Arrondissement.

Quartier Saint-Georges.................... Paul Escudier.
    —   de la Chaussée-d'Antin............ Adrien Oudin.
    —   du Faubourg-Montmartre.......... Gaston Mery.
    —   Rochechouart.................... Barillier.

10ᵉ Arrondissement.

Quartier Saint-Vincent-de-Paul .... Camille Rousset.
    —   de la Porte-Saint-Denis............. Georges Girou.
    —   de la Porte-Saint-Martin .... Houdé.
    —   de l'Hôpital-Saint-Louis............. Faillet.

11ᵉ Arrondissement.

Quartier de la Folie-Méricourt.............. Joseph Weber.
    —   Saint-Ambroise.................. Gelez.
    —   de la Roquette .... Ranvier.
    —   Sainte-Marguerite................ Chausse.

12ᵉ Arrondissement.

Quartier du Bel-Air...................... Marsoulan.
—   de Picpus........................ Fribourg.
—   de Bercy......................... Colly.
—   des Quinze-Vingts................ Pierre Morel.

13ᵉ Arrondissement.

Quartier de la Salpêtrière.................. Mossot.
—   de la Gare...................... Navarre.
—   de la Maison-Blanche............. Henri Rousselle.
—   Croulebarbe..................... Alfred Moreau.

14ᵉ Arrondissement.

Quartier du Montparnasse............ ...... Ranson.
—   de la Santé..................... Hénaffe.
—   du Petit-Montrouge.............. Poirier de Narçay.
—   de Plaisance.................... Pannelier.

15ᵉ Arrondissement.

Quartier Saint-Lambert.................... Adolphe Chérioux.
—   Necker.......................... Chautard.
—   de Grenelle..................... Ernest Moreau.
—   de Javel........................ Poiry.

16ᵉ Arrondissement.

Quartier d'Auteuil.... .... Evain.
—   de la Muette.................... Caplain.
—   de la Porte-Dauphine............ Gay.
—   de Chaillot..................... Fortin.

17ᵉ Arrondissement.

Quartier des Ternes...................... Jousselin.
—   de la Plaine-Monceau............ Pugliesi-Conti.
—   des Batignolles .... Sohier.
—   des Épinettes................... Paul Brousse.

18e Arrondissement.

Quartier des Grandes-Carrières............. Henri Turot.
    —   de Clignancourt .... Ballière.
    —   de la Goutte-d'Or................. Pierre Foursin.
    —   de la Chapelle.................... Bussat.

19e Arrondissement.

Quartier de la Villette..................... Paris.
    —   du Pont-de-Flandre.............. Lajarrige.
    —   d'Amérique...................... Arthur Rozier.
    —   du Combat .... Armand Grébauval.

20e Arrondissement.

Quartier de Belleville..................... Berthault.
    —   Saint-Fargeau..................... Archain.
    —   du Père-Lachaise .... Landrin.
    —   de Charonne .... Patenne.

ADMINISTRATION

DE

LA VILLE DE PARIS ET DU DÉPARTEMENT DE LA SEINE

Préfet de la Seine . . . . M. de SELVES.
Secrétaire général de la Préfecture de la Seine. M. AUTRAND.
Préfet de Police . . . . M. LÉPINE
Secrétaire général de la Préfecture de Police . M. LAURENT.

SERVICES ADMINISTRATIFS

Directeur des Finances. . . . . M. FICHET.
    —   de l'Enseignement primaire . . . . M. BEDOREZ.
    —   de l'Assistance publique . . . . . M. MESUREUR.
Secrétaire général de l'Assistance publique . M. THILLOY.
Directeur de l'Octroi. . . . . M. DELCAMP.
    —   du Mont-de-Piété. . . . . M. DUVAL.
    —   des Affaires municipales . . . . . M. MENANT.
    —   des Affaires départementales . . . M. DEFRANCE.
    —   administratif des Travaux . . . . . M. de PONTICH.
    —   de l'Architecture et des Promenades M. BOUVARD.
    —   du Personnel . . . . M. QUENNEC.
    —   de l'Inspection générale et du
          Contentieux . . . . M. DEROUIN.
    —   du Cabinet du Préfet de la Seine . M. A. BERNARD.
    —   du Cabinet du Préfet de Police . . M. ARNAUD.
Receveur municipal . . . . M. COURBET.
Contrôleur central . . . . M. DUVAL.
Inspecteur des Beaux-Arts . . . . M. BROWN
Chef du Matériel . . . . M. DARDENNE.

SERVICES TECHNIQUES

CHEF DE SERVICE de la Voie publique et de
l'Éclairage . . . . M. BOREUX.
—   des Eaux et de l'Assainissement . . M. BECHMANN.
INSPECTEUR GÉNÉRAL de la Salubrité de l'Habi-
tation . . . . Dr A.-J. MARTIN.
ARCHITECTE VOYER EN CHEF . . . . M. SAUGER.

SECRÉTARIAT DU CONSEIL MUNICIPAL DE PARIS

CHEF DE SERVICE . . . . M. F.-X. PAOLETTI.

DES MEMBRES DU PARLEMENT ANGLAIS

ET DU

GROUPE PARLEMENTAIRE FRANÇAIS

Au mois de juillet 1903, le Groupe parlementaire anglais « Commercial Committee » avait reçu à Londres le Groupe parlementaire français de l'Arbitrage international.

Les députés et sénateurs français avaient été accueillis avec une haute courtoisie et des fêtes magnifiques avaient été organisées en leur honneur. Au cours d'une solennité qui eut lieu au palais de Westminster, le premier ministre, M. Arthur Balfour, avait pris la parole sur la question de l'arbitrage, et, après lui, des orateurs appartenant à tous les partis du Parlement, Sir Campbell Bannerman, leader de l'opposition, M. Chamberlain, Sir William Houldsworth, avaient prononcé d'éloquents discours.

M. d'Estournelles de Constant, président du Groupe de l'Arbitrage français, avait répondu au nom des parlementaires français.

A la suite de cette cérémonie, le « Commercial Committee » avait pris le nom de « Commercial and Arbitration Committee », devenant, comme le groupe français, un comité d'arbitrage.

Au cours de la même année, le Groupe de l'Arbitrage international, évoquant le souvenir de ces belles fêtes, invita les membres anglais appartenant au « Commercial and Arbitration Committee » à se rendre à Paris. Ceux-ci acceptèrent l'invitation.

Cent cinquante députés, représentants de l'élite intellectuelle politique et économique de l'Angleterre, membres du Gouvernement, de la Chambre des lords, de la Chambre des Communes, agents généraux des colonies, avaient répondu à l'appel des parlementaires français. Par une heureuse innovation, les dames devaient être du voyage; beaucoup de délégués furent, en effet, accompagnés de leur femme et de leurs filles.

Les noms des délégués étaient les suivants :

Avebury, Lord and Misses; Agg-Gardner, J. T.; Brotherton, E. A.; Radcliffe, Miss; Brassey, Lord and Lady;

Bond, E.; Hoare, Miss J.; Bailey, J.; Bhownaggree, Sir M.; Brunner, Sir J. and Lady; Cook, Sir F.; Cawley, F.; Campbell, J.; Cust, H. J. C.; Carlile, W., Mrs. and Miss; Cremer, W.; Carvill, P. H.; Dewar, Sir T.; Duff-Miller;

Doxford, Sir T. and Misses; Dobson, Hon. A., Mrs. and Miss; Fuller, Hon. F., Mrs. and Miss;

Firbank, Sir T.; Fuller, J. M. and Mrs.; Hobhouse, C. E. and Mrs.; Furness, Sir C.; Flannery, Sir F. Lady and Miss;

Gordon, Hon. J. and Miss; Guest, Hon. Ivor; Earl of Galloway and Countess; Gardner, E.; Garfit, W.; Grainger, Mr. H. and Miss;

Houldsworth, Sir W. and Lady; Holland, Sir W.; Haslam,

Sir A. Seale; Hermon Hodge, Sir R.; Henniker Heaton, J. H.; Hay, Hon. Claude; Helme, N.; Howard, J. and Mrs. J.;

Jameson, Major, Mrs. and Miss; Jacoby, J. A. and Mrs.;

Jones, Brynmor and Mrs.; Jessel, Capt. H. M.; Kemp. Lt. Col.; Evans, Gordon, Major; Knowles, Sir Lees; Seton Karr, Sir H.; Keir Hardie;

Leigh, Sir J. and Miss; Lefroy, Hon. B.; Lough, T. and Mrs.; Langley, Batty; Law, H.; Lowe, F. W. and Mrs.;

McLaren, Sir C., Lady and Miss; McIver, Sir L.; Mather, Sir W.; McArthur, C.; Moon, E. R. and Mrs.;

Macdona, J. A. and Misses Brown; Morgan, D. J. and Mrs.; Newnes, Sir G. Lady and Mr.;

Norman, H.; O'Doherty, W.; O'Doherty, J.; O'Connor, J.; Priestley, A.; Pilkington, Col. R.; Pilkington, Mr. W. and Miss; Parkes, E.;

Palmer, G. W. and Mrs.; Palmer, W. and Mrs. W.; Pierpoint, R. and Mrs.; Pym, Guy and Miss;

Pirie, D. V.; Peace, Hon. Sir Walter; Rosslyn, Earl of; Rollit, Sir A; Rea, Russel and Mrs.; Rea Mr. R. and Mrs. R.; Rose, C. D.;

Renwick, G. and Mrs.; Randles, J. S.; Randles, Q.; Roberts, S. and Mrs.; Reid, J.; Rutherford, Rt. Hon. W. and Mrs. W.; Banner, W.;

Samuel, Stuart and Mrs.; Samuel, Herbert; Spielmann, H. and Mrs.; Sturt, Hon. H.; Stroyan, J. and Mrs.;

Spear, J. W. and Misses; Soames, A W, Mrs. and Miss; Shaw, C. E. and Mrs.;

Schwann, C. E. and Mrs.; Sassoon, Sir Ed.; Strathcona, Rt. Hon. Lord; Sinclair, Louis and Mrs.; Tufnell, Lt. Col. and Mrs.; Tuff, Mr. C.; Thompson, Dr. E.;

Tomlinson, Sir W.; Turner, Hon. J. and Mrs.; Tozer, Hon. Sir; Vincent, Sir Howard, Lady and Miss; Wilson, Mr. J. W.; Wilson, Mr. J.;

Wason, Cathcart Mrs. C. and Miss; Whiteley, H. and Mrs.; Wrightson, Sir T. and Miss; Younger, W. and Mrs.;

Woodhouse, Sir J. and Miss; Webb, Lt-Col. and Miss; Walton, Joseph, Mrs. and Miss; Watson, Harrison and Mrs. H.

COMMITTEE

Sir William Houldsworth, Sir William Holland, The Earl of Gallo-
way, Sir Howard Vincent, Sir Charles McLaren, The Hon.
Claude Hay, Captain Jessel, Colonel Kemp, Colonel Pilkington,
Major Evans-Gordon, Sir William Tomlinson, Sir W. Mather,
Major Jameson, Mr. Cathcart Wason, Mr. Herbert Samuel,
Mr. J. Randles, and Mr. Louis Sinclair.

La délégation avait à sa tête le Président et le
Secrétaire du Commercial Committee de la Chambre
des Communes, Sir William Houldsworth, et M Sainclair,
le dévoué et actif organisateur de la manifestation de
Londres. De nombreuses lettres de sympathie et de
regrets étaient parvenues au Groupe de l'Arbitrage,
adressées par des membres du gouvernement anglais
et par les principaux chefs du parti libéral, retenus en
Angleterre par les obligations de leur fonction.

Le premier ministre anglais, M. A. Balfour, s'excusait
par une dépêche en ces termes :

J'ai attendu jusqu'au dernier moment pour vous répondre,
dans l'espoir que les circonstances me permettraient de venir. Je
suis véritablement peiné de constater que des engagements offi-
ciels et publics m'empêchent définitivement d'accepter votre hospi-
talière invitation.

Cela aurait été pour moi une profonde joie de venir rendre
aux membres du Parlement français leur visite, et je vous prie de
leur exprimer le grand désappointement que j'éprouve à être
obligé de renoncer à ce projet.

M. Barclay, retenu aux Etats-Unis, se déclarait
entièrement de cœur avec l'assemblée franco-anglaise.

Le 25 novembre, la députation anglaise arrivait à
Calais à bord du paquebot « The Queen ».

Les délégués du Groupe de l'Arbitrage, la Municipalité de Calais, la Chambre de Commerce de cette ville se
rendaient au-devant des parlementaires anglais pour leur
souhaiter la bienvenue.

En débarquant, les délégués adressaient à M. le
Président de la République la dépêche suivante :

A Monsieur le Président de la République,
Paris.

Les membres des Chambres du Parlement britannique, rendant
avec enthousiasme la visite mémorable à Londres des sénateurs et
députés du Parlement français, en mettant le pied sur le sol de la
République, s'empressent d'offrir leurs hommages au Chef de l'État
et de lui exprimer leur joie en constatant l'entente cordiale des
deux pays, preuve irréfutable de notre amitié mutuelle, sincère et
permanente.

Le jeudi 26 novembre, les délégués se présentaient
à la Chambre et au Sénat et rendaient visite à M. le
Président de la République.

A la suite des présentations individuelles et de
l'allocution de lord Brassey, M. le Président de la République évoquant l'accueil sympathique et cordial qu'il avait
reçu en Angleterre, avait remercié les délégués de leur
démarche et leur avait affirmé que les témoignages de
sympathie dont ils seraient l'objet de la part des parlementaires français répondraient aux vœux de notre nation.

Pendant le lunch offert aux délégués, M. le Président de la République avait de nouveau pris la parole
pour porter la santé des hôtes de Paris.

Je ne veux pas, avait dit M. le Président de la République,
laisser passer les quelques instants si charmants que vous me pro-
curez sans lever mon verre et sans porter un toast à S. M. le roi

d'Angleterre, à S. M. la reine, à la famille royale et à la nation britannique tout entière. (*Applaudissements prolongés.*)

En portant ce toast, je ne puis m'empêcher de rappeler l'œuvre de paix à laquelle vous êtes si sincèrement attachés.

J'ai peut-être quelque droit de m'y associer, dans la limite où la constitution m'y autorise, puisque j'ai eu l'honneur d'accueillir les premiers instigateurs de cette grande pensée et que S. M. l'empereur de Russie a bien voulu, dès le début, m'en faire le confident. (*Nouveaux applaudissements prolongés.*)

L'œuvre inaugurée à la conférence de la Haye n'est encore qu'à ses débuts. (*Marques unanimes d'assentiment.*) Les deux grandes nations de l'Europe occidentale doivent se réjouir d'avoir les premières, en signant un traité d'arbitrage, donné un exemple qui sera suivi, je l'espère, par beaucoup d'autres. (*Applaudissements.*)

Ce mouvement, j'en ai la conviction, ne s'arrêtera pas, et je suis sûr de répondre à vos sentiments, comme je réponds à ceux de mes compatriotes, en souhaitant que l'œuvre que nous poursuivons ensemble reçoive son couronnement. (*Applaudissements vifs et répétés.*)

Sir William Houldsworth avait remercié M. le Président de la République d'avoir, avec sa haute autorité, précisé le caractère des relations établies entre les parlementaires anglais et français.

L'union des deux groupes fut consacrée en un banquet qui, le même soir, réunit au Grand-Hôtel les représentants des deux nations.

M. d'Estournelles de Constant présidait, ayant à sa droite Sir William Houldsworth et M. Fallières, président du Sénat, et à sa gauche, lord Brassey et M. Combes, président du Conseil des Ministres.

Étaient également assis à la table d'honneur : lord Avebury, comte de Galloway, MM. Berthelot et Frédéric Passy, présidents d'honneur du Groupe de l'Arbitrage; comte de Roskyn, sir William Holland, le major Jameson ; tous les ministres, sauf le ministre des affaires étrangères : MM. Vallé, ministre de la justice ; Rouvier, ministre des finances ; le général André, ministre de la guerre ; Pelletan, ministre de la marine ; Maruéjouls, ministre des travaux publics ; Doumergue, ministre des colonies ; Chaumié, ministre de l'instruction publique ; Trouillot, ministre du commerce ; Bérard, sous-secrétaire d'État des postes et télégraphes : Charles Dupuy, Paul Deschanel, Peytral, Lockroy, Henri Brisson, Magnin, Poirrier, Jaurès, Barbey, Millerand, Jean Dupuy, Baudin, Cochin, Guieysse, Siegfried, de Lanessan, Cochery, Caillaux, Monis, Delombre, Barthou, membres du Parlement français ; Deville, président du Conseil municipal de Paris ; Caron, président du Conseil général de la Seine ; de Selves, préfet de la Seine.

Ces noms disent assez que des représentants des divers partis politiques, des hommes, réputés pour leur éloquence et leur talent parmi les groupes les plus opposés du Parlement français, apportaient leur concours à cette œuvre de paix.

Il n'était pas douteux qu'en présence d'une telle assemblée, les discours prononcés par des orateurs éloquents, expérimentés, occupant les plus importantes situations politiques, ne dussent présenter le plus haut intérêt.

MM. d'Estournelles de Constant, député de la Sarthe, président du Groupe parlementaire de l'Arbitrage international, avait adressé des paroles de bienvenue aux membres de la députation anglaise ; il les avait remerciés d'être venus si nombreux malgré tant de devoirs qui retiennent chez eux en cette saison les hommes politiques de tous les pays. Après lui, M. Combes, président du Conseil des ministres, ministre de l'intérieur ; M. Berthelot, membre de l'Académie française, ancien ministre des affaires étrangères ; M. Paul Deschanel, ancien président de la Chambre des députés; M. Denys Cochin, député de Paris ; M. Jaurès, vice-président de la Chambre des députés, prirent successivement la parole au nom du Groupe de l'Arbitrage international ; Sir William Houldsworth, président du Commercial Committee de la Chambre des Communes ; lord Brassey, président du Commercial Committee de la Chambre des lords ; lord Avebury, ancien président du Conseil de Comté de Londres, président de l'Union des Chambres de Commerce anglaises, dont les travaux scientifiques ont acquis un légitime renom dans le monde savant, parlent au nom des parlementaires anglais.

Grâce à leur expérience politique, à leur autorité scientifique, à leur habileté à traiter les questions économiques les plus étendues, les orateurs exposent tour à tour la doctrine de l'arbitrage sous ses aspects les plus élevés. Au milieu de l'envolée des plus belles espérances, la voix de la raison ne cesse de se faire entendre :

On ne crée pas facilement, dit M. le Président du Conseil des ministres, par la seule vertu de deux signatures, un ordre de choses nouveau, notamment un système hardi de politique internationale qui rompt délibérément avec le système jusqu'à présent en vigueur, et oriente, vers des horizons non encore expérimentés, les gouvernements et les nations. (*Applaudissements.*)

Rappelons-nous, Messieurs, un mot emprunté à vos souvenirs classiques et aux miens, le mot si profond et si juste du plus ancien des grands tragiques grecs : « Le temps ne consacre que les œuvres où il a eu sa part. »

M. Berthelot, retraçant de larges aperçus historiques, rappelle que la tradition et l'usage de conventions conclues entre les nations n'est pas chose inouïe et insolite, même dans l'ordre des principes généraux du droit des gens. Et l'orateur ajoute :

Le xviie siècle a marqué l'époque où les philosophes et les savants ont commencé à proclamer hautement les droits de l'humanité, la liberté de penser et la tolérance religieuse. Ils ont demandé la suppression de la torture et de l'atrocité des supplices, celle de la traite des noirs et de l'esclavage ; bref, ils ont protesté sous toutes les formes contre le vieil axiome : *homo homini lupus.* C'est en Angleterre et en France, ne l'oublions pas, que cette longue campagne d'opinion a été menée, avec une inlassable persévérance, par les philanthropes et les encyclopédistes : elle a abouti à la Déclaration des droits de l'homme et à la proclamation du règne de la Raison.

M. Paul Deschanel, s'adressant aux représentants de l'Angleterre, déclare que, quelle que soit l'importance des intérêts politiques qui lient les deux nations, une harmonie plus haute dominera de plus en plus leurs destinées.

L'une et l'autre ont toujours vécu d'une vie supérieure; elles appartiennent toutes deux à la famille très restreinte de ces grandes personnes morales qui ont agrandi l'intelligence de l'humanité, à cette élite infiniment rare qui a apporté au monde des manières nouvelles de penser et qui lui en a laissé des monuments immortels. Ce qui dure, ce ne sont pas les cités de la ruse ou de la force, ce sont les cités lumineuses du droit et de l'art, les patries éternelles de l'esprit humain.

Un peuple ne vit, au sens vrai du terme, que par l'ascendant moral qu'il exerce sur le monde et par les services qu'il lui rend. (*Applaudissements*).

Lord Brassey, président du « Commercial Committee » de la Chambre des lords, rend hommage au génie de notre pays.

Nous sommes amis sincères de la France, dit-il. Nous admirons la France pour son commerce, sa littérature, sa science, pour tout ce dont l'homme est capable. La France est toujours maîtresse de sa glorieuse magnificence parmi les nations civilisées. (*Applaudissements.*)

La France est la nation des grandes idées : Liberté, Egalité, Fraternité, devises sublimes de la République française. Et nous, sous une Constitution différente, nous sommes ici pour affirmer les mêmes principes dans nos relations internationales.

Lord Avebury (Sir John Lubock), philosophe et économiste dont les travaux scientifiques font autorité, formule l'espérance que les relations d'arbitrage établies entre la France et la Grande-Bretagne inaugurent une ère de paix nécessaire aux deux pays. Dans un élégant discours prononcé dans notre langue, il s'écrie :

N'est-ce pas mélancolique et triste de voir des nations dites chrétiennes vivre toujours dans une atmosphère empoisonnée par la méfiance, la calomnie, la jalousie, même la haine, en dépit de toute sagesse, de toute morale et de toute religion ? Ne pourrions-nous commencer à une époque, puis-je dire de bon sens international, à travailler dans la mesure de nos forces à ce noble idéal que Virgile a rêvé quand il nous a dit :

> Scilicet et tempus veniet, quum finibus illis
> Agricola, incurvo terram molitus aratro,
> Exesa inveniet scabra rubigine pila,
> Aut gravibus rostris galeas pulsabit inanes,
> Grandiaque effossis mirabitur ossa sepulcris.

Il y a des Etats-Unis de l'Amérique; pourquoi pas de l'Europe ?
(*Très bien.*)

M. Denys Cochin, après avoir rappelé les longues
luttes qui divisèrent les deux pays, ajoute :

Aujourd'hui, la France, fidèle à l'alliance qui a affermi sa
sécurité, heureuse de resserrer les liens de l'amitié avec les grands
peuples dont ses sentiments et ses idées la rapprochent le plus, ne
souhaite que la paix et le progrès de l'ensemble du monde.....

Aimons-nous, vivons en paix avec nos voisins, mais gardons
chez nous notre caractère et même notre amour-propre national.
Cela n'empêchera pas la France généreuse d'être toujours prête à
entendre pour son compte, et même à transmettre pour le compte
d'autrui à ses puissants amis des paroles de paix.

Enfin M. Jaurès déclare que :

Si de grands peuples parlementaires et libres, l'Angleterre,
l'Italie et la France, s'unissent et se concilient, ce n'est pas pour
faire de leur liberté privilégiée un prétexte à d'égoïstes combinai-
sons. C'est pour aider, par l'élargissement et l'assouplissement des
amitiés nationales, à la grande alliance européenne et humaine.
C'est pour servir en Europe, à l'orient de l'Europe et dans le
monde, la civilisation, la justice et la paix !

Et il termine son discours en résumant, dans une
allégorie pleine de charme, les espérances que tous
les assistants conçoivent et que chaque orateur a expo-
sées au cours de cette soirée, suivant l'inspiration de
son talent et de ses convictions intimes.

Le Bureau du Conseil municipal a décidé, dans sa séance du 20 novembre, que la Municipalité recevrait, dans les salons de l'Hôtel de ville, les membres du Parlement anglais, accompagnés des députés et sénateurs membres du Groupe parlementaire français de l'Arbitrage international.

M. Alphonse Deville, président du Conseil municipal, ayant fait connaître à M. le Préfet de la Seine la décision du Bureau, une réception est organisée pour le vendredi 27 novembre.

Les membres du Conseil municipal de Paris, les membres du Conseil général de la Seine ; M. Lépine, préfet de police ; MM. Autrand, secrétaire général de la Préfecture de la Seine ; Laurent, secrétaire général de la Préfecture de Police, sont avisés par lettres de M. Léopold Bellan, syndic du Conseil municipal, auquel incombe, selon la tradition, l'organisation de la cérémonie.

Les membres de la Presse, accrédités pour suivre à titre permanent les travaux du Conseil municipal, étaient priés par lettre de M. Bellan, syndic, d'assister à la réception à laquelle leur carte d'identité leur donnait accès.

Le 27 novembre, à 3 heures, les hôtes de la Municipalité se présentent à l'Hôtel de ville et sont accompagnés, par l'escalier d'honneur du Préfet, jusque dans les salons aux Arcades.

Dès qu'ils sont réunis, le Président du Conseil municipal, les membres du Bureau et les membres du Conseil se rendent en corps, du cabinet du Président aux salons de réception, en suivant la galerie aux Vitraux.

M. de Selves, préfet de la Seine ; M. Lépine, préfet de police ; MM. les Secrétaires généraux et les hauts fonctionnaires de l'Administration se joignent au cortège au moment de pénétrer dans les salons.

Les représentants de la Municipalité prennent place dans le salon des Lettres, en face de la Cheminée monumentale.

Ils sont aussitôt entourés de leurs hôtes, et, de part et d'autre, les présentations s'échangent avec un empressement courtois.

M. d'Estournelles de Constant, entouré des membres du Bureau du Groupe de l'Arbitrage international, nomme les représentants du « Commercial Committee » et présente en ces termes les membres de la délégation :

Monsieur le Président,

Messieurs les Préfets,

Je suis heureux, très honoré, très fier de pouvoir, au nom du Groupe parlementaire français de l'Arbitrage international, vous présenter, dans cet illustre palais de l'Hôtel de ville, mes éminents collègues de la Chambre des lords et de la Chambre des Communes d'Angleterre, qui n'ont pas voulu passer quelques jours à Paris sans venir vous présenter leurs hommages et vous faire cette courtoise visite.

Permettez-moi de vous présenter, car je ne puis les nommer tous, lord Avebury, dont le nom vous est bien connu, l'illustre et ancien président du Conseil de Comté de Londres. (*Applaudissements.*)

Lord Avebury prononce les paroles suivantes :

Monsieur le Président,

Messieurs les Préfets,

Au nom du Groupe parlementaire anglais de l'Arbitrage, je vous remercie d'avoir bien voulu nous recevoir dans ces magnifiques salons de l'Hôtel de ville, auxquels nous n'avons rien en Angleterre qui puisse être comparé.

Dans la réception si cordiale que nous a faite M. le Président de la République, il nous a exprimé le regret que notre visite à Paris ait lieu à une époque de l'année aussi peu agréable ; mais, si nous n'avons ni chaleur ni soleil, nous avons du moins les fleurs de votre éloquence que nous pouvons tous admirer, car nous ne pouvons pas l'imiter. (*Applaudissements.*)

Nous sommes fiers, en Angleterre, de notre Conseil municipal, car celui de la Cité de Londres est peut-être le plus ancien qui existe au monde. Si, grâce aux hommes d'étude, la science municipale a fait tant de progrès, il ne serait pas moins désirable qu'une entente cordiale intervienne non seulement entre les nations, mais aussi entre les Municipalités de tous les pays. (*Vive approbation. — Applaudissements.*)

Monsieur le Président, j'ai eu l'honneur d'être vice-président et ensuite président du Conseil de Comté de Londres, et je connais les charges et les responsabilités qui incombent aux Municipalités ; aussi, je suis sûr que le meilleur moyen de vous exprimer notre gratitude est de ne pas occuper trop votre temps si précieux.

Je vous prie, monsieur le Président, de croire à toute notre gratitude pour la belle réception que vous nous faites, gratitude qui est en raison inverse de la brièveté des paroles que j'ai l'honneur de vous adresser. (*Très bien! Très bien! — Vifs applaudissements.*)

M. Alphonse Deville, président du Conseil municipal, à répondu :

Vous êtes les bienvenus à l'Hôtel de ville.

Je remercie M. le Président et MM. les membres du Groupe parlementaire français de l'Arbitrage qui, malgré le peu de temps dont ils disposent, malgré les invitations nombreuses et flatteuses qu'ils ont reçues, ont voulu nous présenter leurs hôtes d'Angleterre. Nous avons parmi eux d'anciens collègues et, j'ose le dire, beaucoup d'amis ; ils nous marquent une bienveillance sur laquelle nous aurons plaisir à compter toutes les fois que nous traiterons avec eux les questions qui intéressent Paris. (*Très bien ! — Bravos.*)

Messieurs les membres du Parlement britannique, nous sommes honorés de votre présence ici ; elle nous fournit un nouveau témoignage des sympathies anglaises, et, en même temps que vous donnez à cette cérémonie l'éclat de vos hautes personnalités, vous lui imprimez un caractère d'intime cordialité avec le concours des gracieuses visiteuses qui vous accompagnent. (*Applaudissements. — Bravos.*)

Il ne m'appartient pas, Messieurs, d'apprécier les idées qui vous inspirent, le but que vous poursuivez, les moyens que vous employez, ni vos chances de succès dans votre œuvre commune. Ce n'est pas de la compétence de ceux qui s'occupent modestement des affaires municipales. Aussi bien j'ai entendu hier sur ce sujet des paroles autorisées qui sont présentes à nos mémoires et à l'éloquence desquelles je ne saurais atteindre.

Ce que nous avons le droit de dire, ce que tout le monde sait, c'est que vos idées sont généreuses, que votre but est élevé, et cela suffit pour vous donner droit à notre accueil sympathique et respectueux. (*Applaudissements.*)

Nous recevons ici, par tradition, les hommes de bien et les hommes de science qui cherchent à combattre les maux dont souffre l'humanité, peste, choléra, tuberculose, alcoolisme ; qui découvrent les sérums et les vaccins bienfaisants, qui élèvent des barrières contre les épidémies, qui fournissent les moyens de guérir. Vous

attaquez, vous, le fléau le plus dévastateur, la guerre (*Très bien*);
vous voulez lui opposer le rapprochement des peuples, et vous réa-
lisez par là la plus haute conception à laquelle puisse conduire
l'amour de la paix uni à l'amour de l'humanité. (*Bravos. — Applaudissements.*)

Nous souhaitons de tout notre cœur que vous acheviez votre
tâche, et vous me permettrez de rappeler que le mouvement qui se
développe a déjà été salué à l'Hôtel de ville, lors de la visite de
S. M. le roi d'Angleterre et de M. le Président de la République, que
c'est la troisième fois qu'il l'est, et que nous aurions une grande joie
à en constater un jour, en ce même lieu, la complète et heureuse
évolution. (*Des applaudissements répétés accueillent les paroles de M. le
Président du Conseil municipal, qui reçoit les félicitations de ceux qui
l'entourent.*)

M. de Selves, préfet de la Seine, a prononcé ensuite
le discours suivant :

Messieurs,

Notre Hôtel de ville est depuis quelque temps particulièrement
favorisé.

Il a eu l'honneur de recevoir S. M. le roi d'Angleterre,
auquel nous avons pu, ici même, adresser nos hommages et dire le
respect que nous avons pour sa personne et la famille impériale et
royale, en même temps que l'expression de notre sympathie et de
notre désir de bonne entente envers les nations aux destinées
desquelles il préside. (*Bravos.*)

Un peu plus tard, le Comité républicain du Commerce et de
l'Industrie nous présentait une délégation de commerçants anglais
qui venaient apporter, à la France et au commerce français, la manifestation confraternelle de ses sentiments d'amitié.

Aujourd'hui, ce sont les législateurs de la grande nation voisine
et amie qui, rendant à leur collègues du Parlement français la visite
qu'il en ont reçue, viennent proclamer bien haut, par leur présence,
leur souci de développer et d'asseoir désormais, sur des bases iné-
branlables, la sécurité et la bonne harmonie des rapports entre les
deux pays. (*Très bien ! — Applaudissements.*)

A tous les grands événements de la vie nationale cette Maison de la Ville de Paris a été constamment associée; ses archives en gardent fidèlement la trace.

Nous considérons, Messieurs, que ces visites plus fréquentes que les chefs d'États échangent, et ces visites aussi (nouvelles dans leur genre) que des délégations de citoyens de pays différents échangent entre eux, lorsque surtout ces citoyens sont investis dans leur patrie du mandat considérable de lui donner des lois et d'exercer sur ses affaires une action prépondérante, constituent un événement historique de la plus haute portée. (*Très bien! — Bravos.*)

Nous sommes heureux et reconnaissants que vous ayez bien voulu, en nous y associant, nous permettre de l'enregistrer.

Nous le saluons comme un événement heureux pour la paix du monde et le bien de l'humanité.

Nous le saluons comme le saluait S. E. M. A. Balfour le 22 juillet dernier, « non dans un esprit de folie utopique, ni dans l'illusion que, comme par enchantement, il donnera la paix au monde », mais avec l'espoir qu'il contribuera à faire trouver les moyens pratiques d'empêcher (suivant l'expression de S. E. M. A. Balfour) les petites maladies de prendre un développement fatal. (*Bravos.*)

Ainsi, peu à peu, accomplissant leur œuvre de bien et de progrès, des hommes de bonne volonté, comme vous, Messieurs, auront travaillé à la réalisation de cet idéal de l'accord des nations qui, sans effacer l'originalité historique de chaque patrie et sa fonction propre dans le monde, devrait marquer le couronnement du progrès de l'humanité. (*Bravos. — Applaudissements.*)

Soyez donc les bienvenus ici; Paris et son Hôtel de ville vous adressent leur plus cordial salut. (*Très bien! — Applaudissements.*)

Le discours de M. de Selves a été fréquemment interrompu par les applaudissements et les murmures approbateurs de l'assistance. A la suite de M. le Préfet de la Seine, M. Lépine, préfet de police, a pris la parole en ces termes :

Messieurs,

Je ne veux pas prolonger les discours, mais vous êtes en visite à Paris, et, bien qu'accablés de réceptions officielles, j'espère que vous vous êtes réservé le loisir de vous promener le long des boulevards avec ces dames.

Vous permettrez donc à celui des membres de la Municipalité qui, aux termes de la loi française, est chargé de « procurer la liberté du passage », de vous faire part des préoccupations que vous lui avez données. (*Rire général.*)

Ce n'est pas que je vous considère comme dépaysés à Paris ; la plupart d'entre vous ont eu tôt fait d'y trouver de chères et vieilles habitudes. Vous ne redoutez pas les embarras de Paris dont sa plaignait jadis notre vieux Boileau, et que M. Alphand avait cherché à faire disparaître. Mais il est mort (*Rires*), et, depuis qu'il est mort, les embarras de Paris continuent. J'aurais voulu, pour notre plus grand profit, imposer à nos cochers cette merveilleuse discipline que j'ai, pour ma part, tant appréciée, lorsque, dernièrement, je parcourus le Strand ou Piccadilly.

J'aurais voulu pour nos rues cette belle ordonnance des voitures ; malheureusement, l'éducation du cocher parisien est ingrate et laborieuse ; elle n'est pas l'œuvre d'un jour (*Rires*). J'aurais voulu faire disparaître, comme par enchantement, et pendant le temps de votre séjour, ces barricades et toutes ces montagnes russes qui déshonorent nos rues. Vous savez pourquoi.

Notre métropolitain, le petit frère du vôtre, est l'enfant gâté des Parisiens, et, comme les enfants gâtés, met le désordre dans la maison. A ce point de vue ; vous êtes venus trop tôt ou trop tard.

Vous êtes venus trop tard, parce que nous avons été longtemps à vous suivre dans la voie que vous nous avez tracée. Mais nous y sommes en plein maintenant, et notre métropolitain, comme a pu faire le vôtre à ses débuts, remue beaucoup de poussière et de boue.

Vous êtes venus trop tôt, parce que mon collègue M. le Préfet de la Seine m'a promis que, dans huit jours, les barrages de la place de l'Opéra auraient disparu, et que j'ai foi dans ses promesses. (*On rit.*)

Quant aux pickpockets, que vous connaissez de nom — à titre d'exportation (*Rires*), — j'ai dû concilier mon devoir avec les lois de l'hospitalité que me conseillaient les circonstances, je leur ai donné un abri temporaire et gratuit ; mais, vous partis, nous les reverrons, soyez sans crainte. (*Hilarité générale. — Très bien ! Très bien !*)

En tout cas, si je n'ai pu faire tout ce que j'aurais souhaité, j'ai du moins cette immense satisfaction de vous recevoir ici, avec mes collègues, avec la plus entière cordialité. En souvenir de l'hospitalité magnifique que j'ai reçue naguère au Guildhall, je souhaite que vous y trouviez tout le plaisir que vous m'avez procuré chez vous. (*Très bien ! Très bien ! — Applaudissements.*)

Les paroles de M. le Préfet de Police sont soulignées par les rires courtois de l'assistance, et ses souhaits de bienvenue sont vivement applaudis.

Après les discours, les membres des Parlements anglais et français visitent les salons de l'Hôtel de ville sous la conduite de M. le Président du Conseil municipal, de M. le Préfet de la Seine et de M. Bellan, syndic.

Le cortège parcourt successivement les salons des Arts, des Sciences, le salon Jean-Paul-Laurens, la salle à manger, les grands salons de réception, le salon du Vase russe, et pénètre dans la salle de la troisième Commission, dont la riante décoration allégorique, due au peintre Chéret, charme tous les visiteurs.

Puis on traverse la salle des séances, dans laquelle un grand nombre de conseillers, retenus par les travaux budgétaires de fin d'année, ont déjà pris place pour la séance qui va s'ouvrir. Les visiteurs se mêlent à eux et il faut quelque insistance pour décider d'aimables étrangères à quitter les fauteuils qu'elles occupaient et à poursuivre l'itinéraire tracé.

Après avoir traversé la salle de la Commission du

budget et avoir admiré les décorations de Detaille, on se retrouve dans les salons aux Arcades où un buffet spacieux a été dressé le long des fenêtres.

M. Deville, président du Conseil municipal, a porté un toast en ces termes ·

MESSIEURS,

Nous ne devons pas nous séparer sans que, selon l'usage, nous ayons bu à nos santés.

J'en profite pour vous remercier encore de l'aimable visite que vous nous avez faite.

Vous me permettrez aussi d'envoyer notre salut amical à la Municipalité de Londres et à tous les amis que nous comptons dans son sein.

Ceci fait, je vous demanderai de boire à la prospérité de nos deux nations, l'Angleterre et la France, et à la continuation des rapports amicaux qui nous unissent et qui continueront, je l'espère, très longtemps. (*Applaudissements.*)

Lord Avebury a répondu par le toast suivant :

MONSIEUR LE PRÉSIDENT,

Nous vous remercions des aimables paroles que vous avez eu la bonté de nous adresser.

Lorsque nous serons de retour dans notre pays, nous nous ferons un plaisir de transmettre à nos compatriotes votre si amical langage, et nous ne pouvons nous séparer sans vous dire combien nous faisons des vœux pour la prospérité de la Ville de Paris.

Au nom de tous mes compatriotes, je bois à la Ville de Paris et à sa Municipalité. (*Applaudissements.*)

Des coupes de champagne sont échangées, et une assistance brillante occupe jusqu'à 4 heures les salons des Arts, des Lettres et des Sciences.

Les hôtes de la Ville de Paris prennent alors congé des représentants de la Municipalité.

Le Président du Conseil municipal et le Préfet de la Seine ont reçu, au lendemain de ces fêtes, des remerciements qui témoignent du souvenir favorable que les délégués du Parlement anglais conservent de l'accueil cordial qui leur a été fait à l'Hôtel de ville de Paris.

GROUPE PARLEMENTAIRE DE L'ARBITRAGE INTERNATIONAL

LISTE DES ADHÉRENTS
et Composition du Bureau à la Date du 1er Septembre 1903

PRÉSIDENTS D'HONNEUR :

MM. BERTHELOT, de l'Académie Française.

Le Baron de COURCEL, Membre de l'Institut, Président de l'Arbitrage anglo-américain des Pêcheries de Behring.

E. LABICHE, Président du Groupe de l'Union interparlementaire.

WALDECK-ROUSSEAU, ancien Président du Conseil, Avocat.

Président : M. d'ESTOURNELLES de CONSTANT.

Vice-Présidents : MM. de la BATUT, BAUDIN, BEAUQUER, FLANDIN, JAURÈS.

Secrétaires : MM. CORDEROY. CORNET, COUYBA, JANET, THIERRY, VIGOUROUX.

Questeur : M. PAJOT.

[*Secrétaire adjoint* : M. Jules RAIS.

Déribéré-Desgardes.
Derveloy.
Deschanel Paul.
Deville Gabriel.
Dormoy.
Dron.
Dubief.
Dubois Émile.
Dufour.
Dumont.
Dupuy Pierre.
Empereur.
Ermant.
d'Estournelles de
    Constant.
Euzière.
Féron.
Ferrero.
Flandin Étienne.
Fould.
Gally-Gasparrou.
Gautier Léon.
Gauvin.
Gentil.
Gérald.
Gérault-Richard.
Gervais.
Girod.
Goujat.
Gourd.
Gouzy.
Grosjean Georges.
Guieysse.
Hémon.
Henrique-Duluc.
Holtz.
Hubbard.
Hugues Clovis.
d'Iriart d'Etchepare.
Isnard.
Janet.

Jaurès.
Jumel.
La Batut (de).
Lafferre.
de Lanessan.
Laroche-Joubert.
Larquier.
Lauraine.
Leffet.
Léglise.
Lemire.
Leroy Modeste.
Lesage.
de Lespinay.
Leygues Raymond.
Lhopiteau.
Loup.
Lozé.
Malaspina.
Mando.
Maret Henri.
Marot.
Martin-Bienvenu.
Mas.
Maujan.
Menier Gaston.
Merlou.
Messimy.
Michel Henri.
Mill.
Millerand.
Mollard.
Morel J.
Motte.
Muteau.
Noel.
Noulens.
Pajot.
Pams.
Paul Meunier.
Pavie.

Péret.
Périer Germain.
Petitjean.
Pichery.
Plissonnier.
Pierre Poisson.
de Pressensé.
Ragot.
Rajon.
Rauline.
Réveillaud.
Réville Marc.
Riotteau.
René Renoult.
Roch.
Rouanet.
Ruau.
Sabaterie.
Salis.
Sarraut.
Schneider Charles.
Sembat.
Siegfried.
Simyan.
Robert Surcouf.
Thierry J.
Thierry-Cazes.
Thivrier.
Torchut.
Tourgnol.
Tournier Albert.
Ursleur.
Vaillant.
Vazeille.
Vigouroux.
Villault-Duchesnois.
Villejean.
Viollette.
Walter.
Vigne Octave.